Le Tigre

Joël Dicker

Le Tigre

Illustré par
David de las Heras

Éditions de Fallois

ISBN 979-10-321-0217-6
Dépôt légal : mars 2019
N° d'édition : 878

Imprimé par EGEDSA, Sabadell (Barcelona)

La nouvelle avait traversé Saint-Pétersbourg, la capitale, comme une traînée de poudre. En ce torride mois d'août 1903, on ne parlait plus que de cela. Dans les salons feutrés des aristocrates comme dans les plus pauvres maisonnées, on frissonnait à l'évocation des événements. Dans les parcs, les promeneurs affichaient des visages graves en débattant de la situation, tandis que les enfants rejouaient les scènes évoquées par les adultes et s'amusaient à surprendre les passants. On disait que même le Tsar était préoccupé par ce qui s'était passé à l'autre bout du pays : au cœur de l'immense Sibérie, glaciale l'hiver et brûlante l'été, un village entier avait été massacré.

L'« affaire » avait été révélée par deux moines qui, traversant le pays, avaient voulu faire halte à Tibié, un village de moujiks construit au milieu d'immenses champs difficilement cultivables. Les habitants étaient tous de pauvres diables, vivant dans des maisons en bois et en terre. Les habitations s'entassaient autour d'une place centrale poussiéreuse, séparées les unes des autres par quelques enclos branlants dans lesquels dépérissaient des vaches efflanquées et des chevaux de trait fourbus.

Montés sur des mulets, les deux moines étaient parvenus à Tibié par une chaude fin de matinée des derniers jours de juillet. À court de vivres, ils comptaient sur la générosité des villageois, pauvres mais très pieux, pour faire le plein de provisions. Mais les deux hommes furent surpris de ne voir personne dans les champs, travailler la terre ou mener le moindre troupeau paître vers une plaine aux herbes plus tendres que les tiges jaunies des abords du village.

Ce calme inhabituel les avait d'abord intrigués. Ils avaient songé que la chaleur avait peut-être cloîtré les villageois à l'intérieur des maisons et les animaux dans les étables. Mais voilà qu'ils trouvèrent un cheval égorgé au milieu de son enclos. Puis un deuxième, et plus loin, un troupeau entier de moutons baignant dans une mare de sang, avant de tomber sur le corps d'un paysan affreusement mutilé. À ce moment ils auraient pu faire demi-tour sans continuer jusqu'au village. Cependant, ils décidèrent de poursuivre leur chemin, poussés, non par la curiosité, mais par un sentiment de compassion : il s'était visiblement produit un événement grave et il était de leur devoir de venir en aide à qui en aurait besoin. Ils pressèrent leurs montures et atteignirent bientôt Tibié.

Ce qu'ils y découvrirent les épouvanta : il y avait des cadavres partout. Des enfants, des femmes, des hommes dans la force de l'âge et des vieillards, du bétail, des chiens et des poules. Tout le village avait été massacré. Les victimes présentaient les mêmes signes de mutilations : elles semblaient avoir été égorgées et violemment griffées.

Certains villageois avaient essayé de se défendre mais sans succès : des armes traînaient par terre, çà et là. Quant à ceux qui avaient voulu trouver refuge dans les maisons, ils y avaient été visiblement poursuivis. À l'intérieur, encore des cadavres. Comme si chaque habitation avait été minutieusement inspectée.

Les moines s'accordèrent à dire que l'attaque venait d'avoir lieu : les corps des victimes étaient encore chauds. Surtout, malgré la chaleur écrasante, les corps ne présentaient aucun signe de décomposition. Qui avait pu commettre un tel massacre ? Ils pensèrent d'abord à une meute sanguinaire de brigands, venus piller un village dans lequel il n'y avait pourtant rien à voler.

Songeant que les bandits pouvaient encore se trouver à proximité, les deux moines furent rapidement frappés de terreur : ce genre d'assassins n'avaient ni foi ni honneur, et ils n'hésiteraient pas à les tuer, sans égard pour leur sainte fonction. Ils se hâtèrent alors de remonter en selle, et, martelant le flanc de leurs mules, ils s'empressèrent de quitter le village. Mais au détour d'une maison, leurs deux montures se cabrèrent soudain, apeurées. Les moines venaient de tomber nez à nez avec le responsable du massacre, le pelage encore taché de sang frais : un énorme tigre.

À Moscou et Saint-Pétersbourg, les dépêches n'indiquèrent pas pourquoi les deux prêtres furent épargnés par la bête.

Mais toute la Russie retint sa respiration à l'annonce de la terrible nouvelle. Ce que l'on appelait désormais *le massacre de Tibié* était sur toutes les lèvres. D'ordinaire solitaires et discrets, les tigres ne s'attaquaient pour ainsi dire jamais aux hommes. De quelle nature était donc ce fauve qui s'en était pris à un village entier ? Le témoignage des deux moines s'accordait avec les légendes les plus effrayantes : il rôdait dans les confins de la Sibérie un tigre que rien ni personne ne pouvait arrêter.

Toute cette affaire aurait pu ne constituer qu'un simple fait divers du début du siècle si le Tigre en était resté là. Mais un mois après Tibié, et non loin des ruines du village, l'animal s'en prit à un groupe de marchands qui voyageaient. C'est le seul survivant de l'attaque qui rapporta les faits. À la même période, un groupe de chasseurs aguerris disparut sans que l'on n'ait plus jamais de leurs nouvelles. Puis ce fut au tour d'un émissaire du Tsar, envoyé en Sibérie pour enquêter sur ce Tigre qui terrorisait la région, et qui fut retrouvé égorgé.

Aux prémices de l'hiver, le Tigre avait déjà fait plusieurs dizaines de victimes. Et ce qui n'était, en juillet, qu'un fait divers, avait pris désormais de tout autres proportions. Tout le pays tremblait à l'évocation du Tigre, de Saint-Pétersbourg jusqu'au Kamtchatka, dans les hameaux isolés comme dans les grandes villes. On disait qu'il pouvait surgir sur un marché, dans la cour d'une maison et même dans les palais des gouverneurs, pourtant si bien gardés.

Riches et pauvres, face à la peur du fauve, étaient devenus égaux : aucune barrière sociale ne protégeait de l'animal. Ceux qui en avaient les moyens réquisitionnaient des hommes, s'achetaient des fusils et restaient autant que possible enfermés chez eux. La rumeur populaire enflait de jour en jour : ce n'était plus un tigre isolé mais une meute entière, semant la mort sur son passage. Et les journaux, annonçant tous les jours de nouvelles morts suspectes, ne faisaient qu'aggraver la terreur collective.

À Saint-Pétersbourg, le Tsar réunissait quotidiennement ses conseillers pour faire le point sur la situation. Il trouvait cette panique populaire tout à fait ridicule, mais il se devait d'agir. Car ce Tigre commençait à mettre en échec sa nouvelle politique économique pour la Sibérie, trop longtemps considérée comme un plateau aride, et dont il avait décidé d'exploiter au maximum les ressources. Les Américains, eux, n'avaient de cesse de trouver d'extraordinaires sources minières et pétrolifères dans cet Alaska que l'Empire russe avait bêtement vendu aux États-Unis pour une poignée de dollars, croyant l'avoir totalement vidé de ses richesses. Le Tsar espérait réparer cette erreur en changeant le statut de la Sibérie et donner un nouveau souffle au pays. Mais voilà que ce Tigre commençait à provoquer un exode de la population rurale et effrayait les investisseurs. Il fallait impérativement trouver une solution. « Envoyez-moi les meilleurs chasseurs du pays en Sibérie », ordonna-t-il à ses conseillers. « Mais Altesse, lui répondirent ses conseillers, les chasseurs ont peur d'aller là-bas. » « Payez-les ! » ordonna-t-il. « Ils refusent malgré tout », invoquèrent les conseillers. « Payez-les plus ! » s'agaça le souverain. « Même plus, ce n'est pas assez », bredouillèrent les conseillers pétrifiés à l'idée d'éveiller le courroux du Tsar. Mais au lieu de s'énerver, celui-ci décréta calmement : « Tout homme a un prix. » Et il esquissa un sourire.

C'est ainsi qu'un mois avant les célébrations du Noël orthodoxe, le Tsar fit placarder des affiches dans tout le pays qui suscitèrent un engouement à la hauteur de l'effroi causé par le Tigre : quiconque rapporterait au Palais Royal la dépouille de ce Tigre mangeur d'hommes recevrait le poids de l'animal en pièces d'or. Au vu

ТИГР

ТИГР

de la description faite de l'animal, cela signifiait que la personne qui le tuerait deviendrait plus riche et plus puissante qu'un gouverneur. Aussitôt, des quatre coins du pays, des hommes, seuls ou en groupes organisés, convergèrent vers la Sibérie pour retrouver et abattre ce Tigre qui ferait leur fortune.

Parmi eux Ivan Levovitch, un jeune Pétersbourgeois d'une vingtaine d'années, à la barbe blonde, aux bras d'acier et à la carrure taillée dans le roc. Il venait d'une famille modeste de la capitale et travaillait dans l'atelier de menuiserie de son père. Le décret impérial lui offrait l'occasion inespérée de réaliser son rêve : devenir riche et célèbre à travers tout l'Empire, et franchir le profond fossé qui le séparait des fastes de la haute société russe. Bientôt, il ne serait plus un petit menuisier modeste : il serait l'homme qui a tué le Tigre. Avec ses économies, Ivan s'acheta un fusil, précis et solide, puis, après de sobres adieux aux siens, il s'embarqua, au cœur de l'hiver russe, dans un long train qui l'emmena vers l'est.

Pour Ivan, le voyage jusqu'en Sibérie fut interminable, la neige et le froid retardant le train qui se frayait péniblement un chemin à travers la toundra.

Ce n'est qu'un mois après avoir quitté Saint-Pétersbourg qu'Ivan put enfin se lancer à la quête du Tigre. Celle-ci commença dans une gare délabrée proche du tristement célèbre village de Tibié, qu'il rejoignit après deux autres jours de voyage, monté sur un puissant cheval dont l'achat avait englouti le reste de ses économies.

Durant son voyage en train, constatant l'immensité de la Sibérie et la rigueur des éléments, Ivan s'était d'abord inquiété de ne jamais retrouver le Tigre. Et quand bien

même il abattrait un tigre, comment être certain qu'il s'agissait de celui qui terrorisait le pays ? Et s'il ramenait à Saint-Pétersbourg la dépouille d'un tigre qui n'était pas le bon ? Il aurait dilapidé inutilement ses économies et serait la risée de sa famille. Ce fauve qui pouvait faire sa gloire et sa fortune pouvait aussi conduire à sa ruine et à une cuisante humiliation. Conscient de ne pas avoir droit à l'erreur, il avait regretté de ne pas s'être joint à un groupe de chasseurs, mieux organisés. Il savait que c'était par cupidité qu'il était parti seul : il ne voulait pas avoir à partager la récompense.

Après mûre réflexion, Ivan avait finalement décidé de pister le Tigre comme on piste un criminel. Il se rendrait, suivant la chronologie des événements, sur les sites des attaques successives de la bête et y recueillerait le plus d'indices possible lui permettant d'identifier avec certitude le fauve tueur. C'est ainsi qu'emmené sur son alezan vigoureux, il arriva à Tibié, village désormais fantôme. À la vue des premières maisons, la peur lui noua le ventre. Il serra son fusil contre lui et engagea, par précaution, une balle dans le canon. Il n'y avait pas âme qui vive. La neige avait tout effacé. Seules les vitres brisées des maisons trahissaient le massacre qui avait eu lieu ici. Ivan, dépité de n'avoir aucune piste à suivre, continua sa traversée du village. Alors qu'il en sortait, il s'arrêta net en découvrant avec stupeur un vaste champ enneigé duquel émergeait une centaine de croix en bois.

— C'est là qu'on les a enterrés, dit une voix surgissant derrière Ivan.

Celui-ci sursauta et se retourna en pointant son fusil sur son interlocuteur.

C'était un vagabond qui venait de parler. Il était sorti d'une maison proche dans laquelle il avait établi ses quartiers d'hiver.

— Qui es-tu ? demanda le cavalier d'une voix mauvaise pour masquer sa peur.

— Tu cherches le Tigre? se contenta de répondre le vagabond. Comme tous ces hommes qui passent par ici chaque jour?

Ivan ne répondit rien. Il y avait donc une telle concurrence? Cet homme pourrait-il l'aider ou, au contraire, aurait-il reçu pour mission de la part de chasseurs peu scrupuleux d'égarer les nouveaux venus vers de fausses directions? Comme si le vagabond avait lu dans les pensées d'Ivan, il ajouta:

— Je ne te veux pas de mal... Si tu cherches le Tigre, alors continue ta route en direction de l'est, jusqu'au village de Skolkele.

L'homme s'en retourna d'où il était venu et Ivan frappa sans ménagement les flancs de sa monture et suivit les indications qu'il venait de recevoir. Il ignorait quelle distance le séparait de Skolkele, ni même où cela le mènerait. Mais il s'agissait de sa seule piste.

Il fallut presque une demi-journée de cheval à Ivan pour arriver à Skolkele. Chevauchant dans la toundra, il crut que le vagabond s'était joué de lui et l'avait envoyé se perdre. Il s'en voulut de s'être laissé si facilement berner. Puis il vit les volutes de fumée grise s'échappant des premières maisons d'un village : Skolkele. Planté au milieu de plaines enneigées, l'endroit était à peine plus grand que Tibié. Trois cents personnes au plus devaient vivre ici. C'était l'heure du repas du soir lorsqu'il pénétra dans le village. Une odeur de lard et de soupe de légumes lui rappela qu'il n'avait rien avalé depuis la veille. Son cheval non plus, et il sentait que l'animal avait besoin de repos. S'arrêtant au hasard devant une maison, Ivan frappa à la porte.

C'est un homme bourru et visiblement pris de boisson qui ouvrit. Ivan s'efforça de l'apitoyer, expliquant qu'il n'avait plus un kopeck, ni quoi que ce soit qui pourrait lui

permettre de payer le gîte. L'homme sembla d'abord peu enclin à la charité, mais dès qu'Ivan précisa qu'il était aux trousses du Tigre, celui-ci sourit et lui offrit aussitôt l'hospitalité. Ivan Levovitch comprit alors à quel point la région était terrorisée par le fauve. Le paysan, qui se présenta sous le nom de Dimitri, installa son hôte dans sa modeste cuisine. Il ordonna à sa femme et à ses enfants de lui servir de la soupe et d'y ajouter un bon morceau de lard, témoignant ainsi son respect au chasseur. Puis il le questionna sur le Tigre :

— Que sais-tu de ce fauve ? demanda le paysan.

— À vrai dire, pas grand-chose. C'est un vagabond qui m'a orienté par ici…

— Le Tigre s'en est pris à un convoi de marchands à la sortie du village. Il les a massacrés.

— Quand cela s'est-il produit ?

— À la fin août…

Ivan ne cacha pas son dépit : la fin août

le ramenait à plusieurs mois en arrière. À ce rythme-là, il ne parviendrait jamais à pister le Tigre.

— Comment le retrouver? demanda Ivan, avouant malgré lui son manque d'organisation.

Dimitri comprit que son interlocuteur n'était pas un chasseur expérimenté mais l'un de ces rêveurs de Moscou ou Saint-Pétersbourg qui se croyaient capables de braver la terrible Sibérie et de décrocher la récompense promise par le Tsar. Mais il ne lui en tint pas rigueur.

— Suis sa piste, conseilla Dimitri, c'est le Tigre qui viendra à toi.

— Mais comment le reconnaîtrai-je?

— Il est énorme! Ses dents sont des sabres et ses yeux des canons. Il a la puissance du cheval et l'agilité d'un aigle. C'est le diable qui nous l'envoie… pour nos péchés!

Les deux enfants regardèrent leur père d'un air terrifié.

Ivan passa la nuit dans la grange de Dimitri. Au petit matin, il se fit conduire sur les lieux du massacre des marchands. Mais comme il s'y attendait, il ne trouva que de la neige. Aucun signe, aucun indice qui puisse l'aider. À l'époque, après le convoi de marchands, le Tigre s'en était vraisemblablement pris à un groupe de chasseurs de la région dont on n'avait jamais retrouvé les corps, avant d'attaquer un émissaire du Tsar à proximité du village de Pritit. C'est là-bas que le jeune homme se dirigea.

Pendant les semaines suivantes, Ivan arpenta la Sibérie, retraçant minutieusement la progression meurtrière du Tigre. Il croisa la route de dizaines de chasseurs, souvent beaucoup mieux équipés et entraînés que lui. Malgré le nombre impressionnant d'hommes venus traquer la bête, Ivan trouvait sans difficulté une maison pour passer la nuit. Il était toujours chaleureusement reçu et ne manquait jamais de rien, ce qui lui permettait de reprendre des forces pour continuer à sillonner inlassablement les plaines. Mais son enquête n'avançait guère : se rendre sur les lieux des attaques ne lui avait apporté aucun indice concret, et parmi les dizaines de témoignages qu'il avait recueillis il craignait que beaucoup ne soient des affabulations.

Lorsque le printemps s'installa sur la Sibérie, la Russie avait recouvré son calme : le Tigre n'avait plus fait parler de lui depuis plus de trois mois. La population s'était tournée vers de nouveaux sujets de préoccupation, la tension générale s'était relâchée, on avait remisé les fusils.

Parmi les chasseurs, la rumeur courait que le Tigre avait été abattu et sa dépouille ramenée au Tsar. L'exploit avait été accompli par un vieil ivrogne qui aurait été couvert d'or et d'honneurs au Palais d'Hiver devant un parterre d'invités prestigieux. Était-ce la vérité ? Ou s'agissait-il d'une ruse orchestrée par un groupe de chasseurs pour pousser leurs concurrents à renoncer à leur traque ? Les nouvelles de Saint-Pétersbourg circulant mal jusque dans les provinces reculées, il était impossible de démêler le vrai du faux et Ivan était dans le flou total. Gagné par l'incertitude, découragé par ses interminables cavalcades au travers des steppes, il décida à la fin mars de rentrer chez lui. Il espérait pouvoir tirer suffisamment de son cheval pour acheter un billet de train. En route vers la gare de Kadachka, là même où il avait débarqué quelques mois plus tôt, il s'imaginait les visages déçus de ses proches, le voyant rentrer les mains vides, lui qui avait assuré à tout le monde qu'il reviendrait avec la dépouille du Tigre qui le couvrirait d'or.

Alors qu'il se dirigeait vers la place du marché dans l'espoir de trouver preneur pour son cheval, Ivan entendit des cris qui firent cabrer sa monture. Un attroupement s'était formé autour d'une carriole transportant le corps mutilé et déchiqueté d'un homme encore miraculeusement en vie. Le Tigre venait de frapper à nouveau.

La nouvelle victime du Tigre était un paysan rentrant d'un hameau voisin à dos de mulet. Le Tigre avait bondi de nulle part et s'était jeté sur l'homme qui n'avait dû son salut qu'à l'intervention d'un autre voyageur le suivant de peu, et dont les claquements du fusil avaient fini par mettre le Tigre en fuite. Le voyageur avait hissé dans sa carriole le corps désarticulé du paysan avant de galoper jusqu'à Kadachka.

Sur la place du village, alors qu'un prêtre administrait l'extrême-onction au malheureux dont il était évident qu'il ne survivrait pas, une foule d'hommes en armes affluait. Les habitants, décidés à en finir une bonne fois pour toutes avec le Tigre, s'apprêtaient à se lancer dans une gigantesque battue.

Ivan songea d'abord à se mêler à la troupe, non pas pour participer à l'effort de guerre, mais pour glaner des informations qui lui permettraient de devancer les villageois. Il avait un plan : il laisserait cette armée de moujiks désorganisés retrouver et cerner l'animal avant de leur damer le pion au dernier moment et de tuer lui-même le Tigre, lui permettant de prétendre seul à la récompense.

Mais au moment de quitter le village, Ivan remarqua, à la fontaine, le voyageur qui avait mis le Tigre en fuite. Délaissant son groupe, il rejoignit l'homme et, après avoir loué son courage, il lui demanda :

— Comment pouvez-vous être certain que c'est le Tigre qui a attaqué ce pauvre homme et pas n'importe quel autre tigre ?

— Ça ne peut être que lui, répondit le voyageur.

— Comment ça ?

— Cet animal sent la peur. Il s'attaque uniquement à ceux qui ont peur de lui car il sait que, pétrifiées par la peur, ses victimes ne pourront rien contre lui. Il n'est attiré ni par l'odeur de la chair ou du sang, mais par celle de la peur.

— Moi je n'ai pas peur ! assura Ivan.

— Alors retrouve ce Tigre et tue-le. Tue-le avant qu'il ne massacre tous ces hommes soi disant partis à sa poursuite mais dont je devine les jambes qui flanchent et les cœurs qui palpitent.

Sans attendre un instant de plus, Ivan courut jusqu'à son cheval. Il l'enfourcha d'un bond et le lança dans un galop effréné. Le Tigre n'était pas loin, c'était

une chance unique pour Ivan de le trouver. Lui qui avait tourné en rond pendant si longtemps, il était maintenant à proximité de son adversaire. Il n'avait peut-être pas fait tout ce chemin en vain. Il repensa alors aux paroles du voyageur et caressa la crosse de son fusil posé sur sa selle.

Ivan continua sans relâche sa course à travers la plaine, suivant, sans raison particulière, le cours d'un ruisseau jusqu'à ce qu'il devienne rivière avant de s'aventurer dans une forêt de pins géants. C'est au moment de franchir un tronc d'arbre mort, qu'il vit une gigantesque masse orangée lui bondir dessus, le projetant au sol avec une violence inouïe. Ivan roula dans les branchages et s'écrasa contre une souche. Il retint un hurlement : le Tigre venait de se jeter sur lui.

Ivan, étendu par terre, regarda le fauve s'approcher de lui, feulant, menaçant, sur le point de le déchiqueter à coups de griffes. Le jeune homme et l'animal se dévisagèrent. Le Tigre montra ses dents, les oreilles en arrière, prêt à tuer. Ivan le fixa, le cœur battant. Et soudain il se mit à crier, plein de rage : « Je n'ai pas peur de toi, Tigre ! Je n'ai pas peur de toi ! »

Le Tigre le considéra comme s'il avait compris ses paroles. Et tous deux se fixèrent un long moment. Puis le Tigre, dans un feulement rageur, fit volte-face et s'enfuit. Ivan se releva et se précipita pour attraper son fusil au sol. Mais le temps de le mettre en joue, le Tigre avait disparu.

Le jeune homme s'essuya le front d'un revers de manche. Pourquoi le Tigre l'avait-il épargné ?

Les jambes tremblantes, Ivan s'assit un instant pour reprendre ses esprits. Avant de remarquer une masse sombre à quelques mètres de lui : le cadavre de son cheval, tué dans l'attaque. Une flaque de sang se répandait doucement sur la mousse de la forêt. Brave monture, si fidèle pendant cette quête ! Désormais Ivan était seul, sans cheval et sans ressources, perdu au milieu de la forêt. Il était à bout de forces, physiquement et moralement. Il voulut se laisser choir par terre. Mourir ici, pour que tout s'arrête. Mais dans un regain de force, il se mit à hurler de toutes ses forces : « Mort à toi, Tigre ! Mort à toi ! Je te tuerai ! Je te tuerai ! Je te tuerai ! »

Et, répétant inlassablement ces derniers mots, il tourna sur lui-même pour que, dans toutes les directions, le vent porte ce message au Tigre. Il était désormais prévenu.

Ivan erra pendant de longues heures dans la taïga. Hagard et désorienté, il marcha jusqu'à la tombée de la nuit, serrant son fusil contre lui. La lune était déjà haut dans le ciel lorsqu'il aperçut la lumière d'une isba isolée. Il tambourina à la porte et fut accueilli par un paysan un peu benêt nommé Tchevtchenko, sa femme et ses trois filles. Ivan n'eut pas à discuter longuement pour recevoir l'hospitalité : son état de nervosité et le récit de l'attaque du Tigre lui auraient ouvert n'importe quelle porte. On lui offrit à manger, et la femme de Tchevtchenko lui proposa même des soins, mais Ivan déclina poliment et demanda simplement à pouvoir aller se reposer, épuisé par les événements de la journée.

Tchevtchenko installa une paillasse dans la grande pièce commune où dormait toute la famille. Ivan, épuisé, s'y étendit et ferma les yeux. Il voulait, le temps d'une nuit, oublier ses malheurs. Mais, alors que tous ronflaient, Ivan ne parvint pas à s'endormir. Il ne pouvait s'empêcher de penser à ce Tigre. Il voulait le voir mort, il voulait le dépecer et faire une cape de sa peau. Il voulait plonger dans une baignoire remplie d'or, confortablement installé à Saint-Pétersbourg, loin de cette maudite Sibérie. Mais comment s'y prendre pour venir à bout de ce Tigre qui échappait à tous ? Ce Tigre qui avait échappé aux chasseurs, aux battues et aux émissaires du Tsar ? Ce Tigre qui surgissait de nulle part et décidait de vous laisser la vie ou de vous donner la mort ?

Pour parvenir à ses fins, Ivan savait qu'il avait besoin d'un stratagème. D'une ruse. D'un piège. Il y réfléchit pendant une bonne partie de la nuit. Soudain, il esquissa un large sourire : il venait d'avoir une idée. Et son plan était parfait.

Le lendemain, après avoir dormi comme un bienheureux, Ivan interrogea Tchevtchenko alors que celui-ci lui apportait son petit-déjeuner.

— Es-tu riche ? demanda-t-il cyniquement en contemplant l'intérieur misérable de la maison et les vêtements de son hôte.

— Ma foi, non... répondit Tchevtchenko de son air ahuri et innocent.

— Voudrais-tu devenir incroyablement riche?

— Ma foi, oui...

Les yeux du paysan trahissaient sa totale incompréhension. Ivan lui révéla alors ses intentions:

— Si toi et ta famille m'aidez à tuer le Tigre, je vous offre la moitié de la récompense...

— Comment pourrions-nous nous rendre utiles?

— Vous allez servir d'appâts, sourit Ivan.

L'idée avait dans un premier temps effrayé Tchevtchenko.

Puis, les paroles habiles d'Ivan avaient fini par le convaincre. La moitié du poids du Tigre en pièces d'or était un argument non négligeable. Voilà qui permettrait à toute la famille de vivre à l'abri du besoin. Et puis, le plan échafaudé par Ivan paraissait efficace et sans danger : à la tombée de la nuit, Tchevtchenko et sa famille s'installeraient dans le pré jouxtant leur maison, y allumeraient un petit feu de camp et feraient mine de profiter des premières douceurs des soirées de printemps. À une vingtaine de mètres d'eux, dissimulé derrière une fenêtre de la vieille bâtisse de bois, Ivan attendrait patiemment le Tigre. L'absence de bosquets et d'arbres à proximité de la famille empêcherait toute attaque surprise. À la lueur du feu, le jeune homme aurait tout loisir de voir le fauve approcher et pourrait alors l'abattre avant qu'il n'ait le temps de s'en prendre à quiconque.

Ivan était particulièrement fier de son idée. Il attendit impatiemment la tombée du soir. Lorsqu'il jugea le moment propice, il fit signe à Tchevtchenko et les siens de se mettre en place et monta au grenier. Il s'étendit sur le sol et introduisit le canon de son fusil par la vitre cassée d'une lucarne. Fermant un œil pour mieux viser, il garda en joue le périmètre où la famille prenait place. Le Tigre ne pourrait pas lui échapper. Il regarda avec amusement les braves paysans s'étendre dans l'herbe et chanter mollement autour du feu que venait d'allumer Tchevtchenko. Ils étaient pétrifiés par la peur, mais l'enjeu était trop grand pour refuser. Ils pourraient enfin acheter une maison digne de ce nom, acquérir du bétail, manger à leur faim, dormir dans des draps de soie et même acheter des vêtements neufs chaque semaine s'ils le souhaitaient.

De son poste de garde, Ivan attendit inlassablement la venue du Tigre. Mais celui-ci ne se montra pas. Le chasseur connut d'abord une longue phase d'excitation,

sursautant à la vue d'un mulot et, plus loin, d'un renard. Puis, il commença à s'ennuyer et envisagea que le fauve puisse ne pas se montrer. Il patienta jusqu'à l'aube. Voyant la famille qui somnolait sur l'herbe humide, il s'endormit lui-même quelques instants. Et quand le soleil se leva, il renonça.

Tchevtchenko était encore tremblant de peur lorsque Ivan, descendu de son poste de garde, le rejoignit.

— C'est trop angoissant ! gémit Tchevtchenko. Nous ne le referons plus !

— Réessayons encore ce soir, supplia le garçon. Ne veux-tu pas devenir riche ?

Une fois encore, cet argument eut raison des craintes du paysan. Et le soir venu, la famille reprit place dans le pré, et Ivan dans le grenier.

Le ciel qui, cette nuit-là, recouvrait la Sibérie était parsemé d'étoiles en diamants qui éclairaient la région. Ivan, depuis sa cachette, avait une visibilité parfaite. Une heure à peine s'écoula lorsque soudain il vit le Tigre apparaître à l'orée d'un bois. Le cœur d'Ivan se mit à palpiter comme jamais. C'était la Bête, il la reconnaissait. L'animal, silencieux, invisible, se fondit dans les herbes hautes du pré et se dirigea vers Tchevtchenko et sa famille.

Lorsque le Tigre fut à dix mètres d'eux, Ivan ajusta sa visée, et mit un doigt sur la détente : le Tigre était à sa merci. Cependant il ne tira pas. Il n'avait pas fait tous ces efforts pour n'avoir que la moitié de la récompense. Le sacrifice de ces moujiks ne serait pas une grande perte. Alors, à travers le viseur de son arme, il regarda le Tigre ramper sans bruit jusqu'aux pauvres gens qui chantaient gaiement, inconscients de ce qui allait leur arriver. Le Tigre s'immobilisa à trois mètres d'eux. Il resta quelques instants tapi dans les herbes, invisible, avant de bondir sur eux, dans un feulement terrifiant. La scène fut d'une violence inouïe: de ses griffes puissantes, l'animal massacra le malheureux Tchevtchenko, puis sa femme et leurs trois filles. Ivan, dans la visée de son fusil, regarda calmement chacun des corps être déchiré comme du papier. Et ce n'est que lorsqu'ils furent tous morts qu'il ouvrit finalement le feu.

Une déflagration assourdissante retentit dans la nuit, une première balle atteignit le Tigre à la poitrine. Ivan rechargea rapidement son arme, il tira et toucha à nouveau le félin. Malgré ses blessures, le Tigre détala à toute vitesse et disparut dans l'obscurité. Ivan descendit en trombe de son grenier et se lança à la poursuite de l'animal. Il enjamba les cadavres au sol, n'en faisant aucun cas et suivit la traînée de sang laissée par sa proie. Courant comme un dératé dans la nuit claire, il rattrapa le

Tigre qui maintenant boitait. Craignant une volte-face de l'animal, Ivan garda ses distances et tira encore à deux reprises. Il vit alors le Tigre s'effondrer dans les herbes hautes. Poussant un cri victorieux, le jeune homme s'approcha prudemment des broussailles dans lesquelles le Tigre s'était affaissé. Mais au moment d'écarter les herbes hautes, il n'y trouva plus que du sang. Le corps du Tigre n'y était plus. Ivan sentit la panique l'envahir : pour la première fois, il eut peur. Peur du Tigre. Et à cet instant, celui-ci bondit de derrière lui et le projeta au sol. Le fusil d'Ivan vola dans un bosquet, et d'un coup de patte rageur, le fauve déchira l'abdomen du jeune homme qui poussa un hurlement de douleur. Il fit corps avec le Tigre, mêlant son sang au sien. L'animal lui arracha la peau et lui brisa les os. Usant de ses dernières forces, Ivan porta sa main gauche à sa jambe et, relevant son pantalon, il saisit son poignard, dont le fourreau était attaché à sa cheville. D'un

geste désespéré, il planta la lame dans le ventre du Tigre et lui déchira les entrailles. Éventré, l'animal s'écarta brusquement du chasseur en soufflant, se vidant de son sang. Il se traîna en feulant tristement sur une dizaine de mètres, avant de vaciller et de s'écrouler.

Ivan, à moitié inconscient, trouva malgré tout la force de se relever et s'approcha de l'animal. Le Tigre, énorme, était étalé dans l'herbe fraîche qu'il tachait de son sang. Ivan, mortellement blessé, s'effondra juste à côté de lui. Gisant ensemble, leurs têtes tournées l'une vers l'autre, ils se regardèrent, les yeux dans les yeux, toute la nuit, s'admirant mutuellement et se tenant compagnie. Puis, au petit matin, ils moururent.

David de las Heras

(Bilbao, 1984) est un artiste et illustrateur espagnol de renom. Il a étudié les beaux-arts à l'Université du Pays basque de Bilbao et l'illustration à l'École Massana. Ses œuvres d'art ont été exposées dans de nombreuses galeries en Espagne et à l'étranger. Il a illustré des livres, entre autres *Martín, de Grumete, a Capitán*, d'après le texte d'Arianna Squilloni, et l'*Atlas de la España imaginaria* de Julio Llamazares, mais surtout il a acquis une grande renommée avec ses couvertures, comme celle d'*Instrumental*, de James Rhodes, ou de *Kalimán in Jericó*, qui a obtenu le prix Junceda de la meilleure couverture de 2015. Il a aussi travaillé pour les journaux *El País*, *ABC Cultural* ou *El País Semanal*.

DU MÊME AUTEUR

Les Derniers Jours de nos pères, roman, Éditions de Fallois/L'Âge d'Homme, 2012, Prix des écrivains genevois 2010, Mention spéciale du Prix Erwan Bergot 2012 ; *Éditions de Fallois/Poche, 2015.*

La Vérité sur l'Affaire Harry Quebert, roman, Éditions de Fallois/L'Âge d'Homme, 2012, Prix de la Vocation Bleustein-Blanchet, Grand Prix du Roman de l'Académie française, Prix Goncourt des Lycéens 2012 ; *Éditions de Fallois/Poche, 2014, et 2018 pour la Postface.*

Le Livre des Baltimore, roman, Éditions de Fallois, 2015 ; *Éditions de Fallois/Poche, 2017.*

La Disparition de Stephanie Mailer, roman, Éditions de Fallois, 2018.

www.joeldicker.com

Achevé d'imprimer
à Barcelone, Espagne,
en février 2019